出门

林东林 著

长江出版传媒
长江文艺出版社

林东林

诗人,小说家,现为武汉文学院首届签约专业作家、《汉诗》主编助理,著有《迎面而来》《三餐四季》《人山人海》《跟着诗人回家》《谋国者》等各类作品多部。

目录

上街	001
越轨	003
你也想立一个稻草人	004
穿堂风	005
无人机	006
副食品店	007
火星	008
事情就是这样的	009
听到	010
世事	011
白鹭和男人	012
城市鹧鸪	013
出门	014
领地	015
飞机	016
蓝色的马	018
天线	020
夸克	021
亚列姆切	022
草原	023
爬山	024

崖柏乌龟	025
邻居	026
一条鱼	027
一人饮	028
四月	029
在古代	030
廊檐下	032
有时候	033
响动	034
生活风格	035
释放	036
现身	037
双向奔赴	038
对面	039
甘旭伟的莲花板	040
烟花	041
麦田和坟头	042
一场雨和另一场雨	043
冬笋	044
两只背篓	045
金钱豹	046

芭蕉	047
进山	048
大桥鸡精	049
咳嗽的人在隔壁	050
夜	051
看见	052
元大都遗址公园	053
村子	055
有的人	056
我们	057
傍晚	058
散步的人	059
一只猫决定	060
乘客	061
我和猫和杏	062
公平	063
蓝色的	064
景深	066
空气	067
昙华林	069
雨中之马	071

听力实验	073
亮	075
10点27分的太阳	076
小平和小谢	078
在路上	081
它也是	083
冰山一角	084
天上有什么	085
温泉	086
幼儿园	087
窗外的一棵芭蕉	088
桂花树	089
空地	090
平原上	091
顺序	092
下午	093
等风来	094
海边	095
你要奥利奥吗	096
玉锦鳞	097
垂钓路上	098

船还没有到	099
伐竹	100
团圆	101
观察家	102
乘坐一艘宇宙飞船逃跑吧	103
旅行	104
秘密	105
少女	106
算法时代	107
大局	108
很久很久的车	109
简单的事	110
致槐树	111
再致槐树	112
路上有什么	113
对岸	114
我们和鸡	115
复活	116
金鹰艺术学校	117
张璐	119
下雨	120

月亮	121
桌子	122
量子纠缠	123
晨光之下	124
雨打铁皮棚	126
要有	127
探洞	128
梅花七	129
篝火	130
千古事	131
鸭血粉丝汤	132
水珠	133
太湖	134
宰相府	135
避雨	136
兴山白茶	137
恐高症	138
我不是猫	139
弧度	140
随时随地	141
合格证	142

风车	143
烟和鸽子	144
窗外	146
对照记	148
傍晚是一个罩子	149
一种猜测	151
橡皮树	152
候补街	153

| 后记 | 154 |

上 街

前天下了雨
昨天出了太阳
今天起了风
街道上非常干净
干净的街道上
走着轿车
走着共享单车
走着年轻的男女
也走着
一只红色塑料袋

轿车走过去了
共享单车走过去了
年轻的男女也走过去了
那只红色塑料袋
停了下来
一只垃圾桶
挡住了它的去路

经过的时候

你装作很不经意地
用脚帮它拨开

越 轨

把剩菜倒进垃圾桶
刷完锅
碗
还有两个盘子
我走出来
顺手带上厨房的门
然后穿过客厅
和书房
来到阳台上

你也想立一个稻草人

收工的时间到了
一个农民沿着田埂走出来
拐上通往村里那条
白色的水泥路
一个刚扎好的稻草人
立在他刚才忙活的地方
代替着他
停落在田埂上的几只鸟
来来回回跳着圈
像在试探什么
一个十字架,一顶草帽
两根红色的布条
当然不会是那个农民
坐在电动车后座上的那个孩子
比那些鸟
要更清楚这一点
虽然他也在伸手指着它
问他的母亲
那到底是什么

穿堂风

风从北边的窗户进来了
成为穿堂风
又从南边的窗户出去了
你坐在书房里
对着屏幕
敲击，停顿下来
又敲击
你能感觉到风
进来了
然后又出去了
还有一些东西不是风
也进来了
然后又出去了

无人机

上升到鸽群的高度
无人机看到的
就会和鸽子们看到的一样
地面上
正在操纵着它的那个人
肯定就是这么想的
望着鸽群
跟随鸽群盘旋的无人机,你想
你一边想一边
把砧板上刚切好的土豆
一块块拨进
刚刚开锅的牛肉汤里
土豆已经拨完了
你还在拨
从客厅这边我的角度看过去
感觉上你像要
把透过窗户
洒在砧板上的那些阳光
也拨进牛肉汤里

副食品店

单田芳在收音机里
他在躺椅上

你并不是来听单田芳的
但买完烟
点上
还是跟着听了起来

在小孤山
白眉大侠遇到了彭芝花……

几分钟后
她一手拎着有小熊图案的书包
一手牵着小孙子
进来了

一只胖胖的橘猫
也进来了

火　星

天已经黑下来
但还没完全黑下来的时候
五金店门前的空地上
一个戴面罩的伙计
正在操作着一台切割机
切割一根钢管
从砂轮底下喷溅出来
的一簇簇火星
照亮了
旁边那些杂草
和一只蓝色的儿童凉鞋
一个男的
和一个
怀抱着一束鲜花的女的
从拐角里走出来
他举起来右手的一根手指
把那一簇簇火星
指给她看

事情就是这样的

一个人会出现在窗户后面
一只猫,一条狗
也会出现在窗户后面
一个人透过窗户
看到了什么
一只猫,一条狗
也会看到什么

听　到

有人正在里间画画
刷子在墙壁上
扫来扫去的声音
传到外间
被坐在凳子上的人听到
坐在凳子上的人
不知道对面
躺在沙发上的那个人
有没有听到
他看见她
只是翻了一下身子
就又睡了过去
有只小黑猫一闪
蹿到了外面的台阶上
接着是爪子
挠门板的声音
以及喵喵喵的几声
他也不知道她
有没有听到

世 事

从翻炒的声音
和飘过来的那阵菜香
可以得知
那扇贴有蓝膜的窗户后面
有个人正在炒菜
一个男人
也可能是一个女人,你说
当然
完全有这种可能
这也对应着
接下来要发生的事情
等会儿他要吃掉那盘菜
或者她
或者他们一起
孩子就坐在他们之间
的那张凳子上
或者还在酝酿中

白鹭和男人

一只落了单的白鹭
探着长长的脖子
和长长的嘴巴
从浅水区
一步步走到
更深更深的水域
是为了吃到
一条可能正好游经的小鱼
而不远处的
一个回水湾边
一个从橘园里钻出来的男人
下到河滩上
弯着腰
在没脚的草丛里
来来回回
是为了找到一块
能让他
打出来一串漂亮水漂的瓦片

城市鹧鸪

听见一阵鹧鸪的叫声
你停下来听着
又听见一阵鹧鸪的叫声
你继续听着
在这之前，之后
有更多双耳朵也会听见
但看不见
鹧鸪被楼房和树木挡住了
那确实是鹧鸪的叫声
跟记忆中一样
经验提供了辨认的参照
你还在听着
并不是怀念乡村，田野
也并不是拒斥周遭的水泥森林
那么多年
你早已经适应了，你想
它们肯定也早已经适应了

出　门

昙公馆前面有片广场
晚上经常有人
在那儿打羽毛球
嘭嘭的拍打声传过来
又沉闷又响亮
你经常停在那儿
看他们打球，看球
从一侧飞出去
又从另一侧飞回来

有时它没飞回来
落到了旁边草地里
你就看他们掏出手机
摁亮电筒
捏着一束光柱扫来扫去
有时它落在了树上
你就看他们拼命摇树
看树梢上那只白白的小球
以及部分暗蓝色的天空
有时候还有星星

领　地

一些阳光在树梢上
一些年纪大的人
在山顶上
你不是他们中的一员
走到他们边上
你模仿起他们的动作
晨练是他们
集结在此的意义
但你不是
在早餐和回家之间
你拐到了这儿
你并不属于这儿
陌生是你的
然后是他们的
不过很快就彼此接受了
一些阳光在树梢上
一些年纪大的人在山顶上
你在他们边上
夏天在你们之间
的某个地方正慢慢展开

飞 机

一架飞机徐徐降落
的时候,一个新娘
和一个新郎
正在调整姿势
几个人蹲在他们对面
其中一个
准备按下快门
你把目光转过来
水面上
那只火红色的箭漂
仍然没有动静
有几只青蛙
躲在不远处的水草里
一声声地叫开了
对面河堤上
一个男的走下来
牵着他的女儿
她的另一只手里举着
一个泡泡机
等你快要想明白

某件事情的时候
它又轻轻地滑了过去

蓝色的马

他家的电视到现在还开着
这说明他也还开着
就坐在它对面
我看不见的某个地方
草原上，一个骑马的人
正在追赶另一个骑马的人
这是那块屏幕上正在发生的事
凌晨三点我在厨房找水喝
透过我这边的窗户
又透过他那边的窗户
我看见了那两匹马
那两个正在骑马飞奔的人
对于他，他们一家三口
我几乎一无所知
只知道他是个大嗓门
但他老婆嗓门更大
吵架是他们家的三顿饭
但他们的儿子不这样
有一次炒菜时我看见他
在对面的窗子里
静静地望着我这边

他手里那匹蓝色的马
也在静静地望着我这边

天　线

一朵云在天上飘着
一些句子在脑海里跃动着
你坐在窗前
脚跷在床沿上
鞋带从一个孔眼里出来
又穿进另一个孔眼
早上已经过去
下午还没有到来
这是一天中
最不像一天中的时光
往左调几格
又往右调几格
有个旋钮
摆在看不见的地方
咯噔一声是夸张的说法
但你确实能感觉到
有什么和什么
对准了

夸 克

是一种物质单位
还是一种海鸟的叫声
在一个叫盖尔曼的美国人那里
并不构成什么问题
或者说它们就是一回事
夸克,夸克,夸克
一种海鸟会发出这样的叫声
这是乔伊斯
在一本小说中的安排
1964 年,格尔曼
把这样的叫声拿过去
给最小的粒子命名
原来我不知道
现在知道了
构成这个世界的每一颗最小粒子
都是那种海鸟的叫声
相信你也一样

亚列姆切

一阵剁馅子的声音
从上面的楼层里降落下来
一个人正握着刀
在砧板上
准备着几个小时之后的食物
一只鸟停落在枝杈间
它的叫声
并没有像它的身形那样
被那些明亮而密集的叶子所遮住
你倾了倾身子
这样
就可以把那个少女的背影
看得更清楚一些
是的,春天已经来了
一切都显示出这个季节
该有的样子
包括那个叫亚列姆切的地方

草 原

一只藏羚羊卧在墙上
不能跑动
也不能叫唤
一个画家
寥寥几笔
就把它固定在那儿
但这并不妨碍
我们能认出它是一只藏羚羊
以及它面前
我每天坐着、站着的地方
是它的草原

爬 山

一个戴黄色安全帽的男人
正在刷墙,他
上面两层和下面五层
的脚手架上
各有一个他的同类
也正在刷墙
有几个人从他们
旁边的楼梯上走下来
空着手
或者提溜着一袋子垃圾
他们看不见他们
他们也看不见他们
你和他们不在一个截面上
楼下那棵刚刚抽出叶子的樟树
也阻挡不了你的视线
你站在山坡上
爬到这儿
你就累得喘不过气来了
你喘气同时望着他们和他们
你不是他们中的一员
也不是他们中的一员

崖柏乌龟

一个人把一段崖柏雕成乌龟
另一个人把它送给我
我摩挲着它,一遍一遍
在心平气和的时候
也在心烦意乱的时候
我摩挲它的时间
远远超过摩挲任何一个物件
任何一个人
粗糙的表面逐渐光滑
柔顺,有了包浆
苍黄色变成了酒红色
日复一日,它在我的手掌底下
渐渐成为一个支点
它的轮廓对应着我的一握
有时我能感觉到世界
就在它的外壳上徐徐展开
我出门时它就趴在桌子上
就像一只真正的乌龟趴在石头上
而我随身带着我的一握

邻　居

有男人，有女人，有孩子
也有老人，但我从没见过他们
天天听见他们的声音
男人和女人争吵的声音，女人
和老人、孩子争吵的声音
有时候是中午，有时候是晚上
争吵发生在他们之间
却又如同我也置身其中
一句话从对面的一张嘴里说出来
就像是我在说，又像是
在说给我听，我在一扇窗后
经历着另一扇窗后的故事
或许到了某个时候
我也要经历同样的故事
也要被对面窗后的另一个人听见

一条鱼

一条鱼在塑料袋里
随我一起坐出租车,又坐地铁
一个半小时后还活着
这是我想不到的
我把它养在鱼缸里
和那些热带鱼养在一起
出门一周
回来之后它仍然活着
而且活得那么欢实
这是我想不到的
一条江里钓上来的鱼
很快就适应了
周围的那些热带鱼
很快就适应了
缸的四壁
这也是我想不到的

一人饮

一杯酒会出现在桌面上
你会端起来,向着
曾坐在对面的人
有杯壁相碰的声音
在寂静中回荡
喝着喝着就多了
喝着喝着天就亮了
记忆里的一幕
同时也是眼前的一幕
虚空中发生着实在
平静而激越
你坐着,如飞机
穿越层层云朵
下面是五千公里的茫茫
酒瓶见底的时候你将降落
在我这一侧,一如我
也以同样的方式
无数次地降落在你那一侧

四 月

四月的夜晚飘荡着烟气
它们来源于几张纸
刚才,一个男人
点燃了它
或者是一个女人
然后又离开了
你走过去
望着那堆渐熄的火苗
火苗周围那个白色的圆圈
你知道他(她)
有一个已经远行的父亲
或者母亲,你也是
你站在那里
久久地望着那堆灰烬
你没有看见他
你的父亲,但你知道
那是一年之中
你离他,离他那个世界
最近的时候

在古代

橡皮树有墨绿色的叶子
在阳光下
那些叶子反射着
银白色的光
你斜卧在沙发上
一个古人
吃完午饭之后
斜卧在榻上
也看着一株橡皮树
看着那些叶子上银白色的光
你想象着现在
就是古代
一闭眼就是了
你就穿越了
堆积在你们之间的那些时光
外面是春天
跟现在一样
外面是晴天
跟现在一样
外面有鸟鸣
也跟现在一样……

如果不是送外卖的敲门
你还可以在古代再多待上一会儿

廊檐下

他们打着伞走过来
汉口人家在哪儿,请问一下
其中一个男的问
我指了一下那个方向
他出了院子
从刚才进来的那道铁门
他们跟着他

我喝咖啡,你也是
廊檐外面是院子
一角里种着几丛竹
亮绿色的嫩叶垂下来
下面是几盆花

春天在他们背后
我们也是

有时候

有时候你会到咖啡馆坐一坐
因为那是咖啡馆,有咖啡,有茶
有坐在那里喝咖啡和茶的人

和他们一样你坐在那儿
和他们一样你喝咖啡或者茶
从他们喧嚣的交谈中
有一种安静会降临下来,成为你的安静

喧嚣的他们坐在安静的你周围
一个人是一种孤独
一群人是另外一种
这个你知道,但有时候

你还是会到咖啡馆坐一坐
因为那是咖啡馆,有咖啡,有茶
有坐在那里喝咖啡和茶的人

响　动

争吵总是发生在傍晚
在过去的几个月里
它已经成为某种规律
就像傍晚的降临也是某种规律
他嗓门奇大,你能想象出来
他扭着脖子叫嚷的样子
这或是因为他在床上躺了很多年
或是因为她已经耳聋
——附在她耳边说话的时候
你也不得不一再提高音量
冬天已经过去,现在是春天
春天还在延续着冬天里的争吵
墙这边,每天你都要听着
你不得不在这边听着
有时候你甚至爱上了这样的听着
爱上了这样的争吵
就像爱上了寂静时分
你自己制造出来的某些响动

生活风格

这是他们住了二十多年的房子
现在这是属于我的房子
他们的洗衣机,冰箱
桌子,椅子,柜子
隔壁那对争吵的邻居
以及窗外的倒春寒
现在也都属于我
在这里,一种生活冷却了下来
另一种生活正在加热之中
现在他们搬到了另一个地方
加热着属于他们的生活
我可以想象他们在那儿的每一天
一如我在这儿的每一天
适应在反复练习中成为习惯
直到他们习惯了那儿
我也习惯了这儿
似乎,一切都没有改变

释 放

雪把他们释放了出来
让他们离开温暖如春的家
前往那片白茫茫的矮山
团起一个个雪球
朝最亲近的人身上砸过去

平时他们不会这么做
会坐在同一张餐桌前吃饭
躺在同一张床上睡觉
但不会这么做

一些人正走在路上
家和矮山之间的路上
他们要加入他们,成为他们

更多的人待在家中
望着窗外的雪
或者像我一样走到窗前
望着他们:那些山上的人
那些往山上走的人
他们也是我们的一部分

现　身

听不到风声但能听到风铃声
它悠远，清脆，一阵叠着一阵
从白天的市声之中被孤立了出来

现在，谁从岑寒的枕头上醒过来
谁就会跟你一样，听到它们
听到它们背景音里那些阔大的寂静

喧嚣的故事被暂时抑制住了
被子底下的躯体残留着白天的形状
你想，你自己也是这样的

换了一个更舒服的姿势你听着
那些风铃声，你屏息听着，闭上眼睛
听着，在再一次睡过去之前

双向奔赴

我像它看着我那样看着它
它的眼睛,眼睛里的那个光点
皮毛覆盖着的一张脸
我只能看到正在看着的这些
再也看不进更里面去了
屋子里暖烘烘的,柴火
在炉子里燃烧着,噼啪作响
外面是一个寒冷的冬夜
它蹲在地上,望着我
它应该也有跟我一样的努力

定定地蹲在那里
它被它的狗形困住了
那股向我投来的热切目光
被一层虚有而又实在的膜阻挡着
或者对我来说也同样如此
最终它急了,一圈圈地打转
嗅我,舔我,蹭我,尾巴摇来摇去
这是它撑破那层膜的方式
我报之以一只手的抚摸
我也只能报之以一只手的抚摸

对　面

有半个小时了
我一直在看着对面
但看不见人，只能看见
闪着圈圈光纹的水面
以及水面上的一支夜光漂
表明对岸有一个人
现在，他隐在黑暗中
他隐在黑暗中
他隐在黑暗中
他隐在黑暗中
他隐在黑暗中
终于，他点燃了一支烟
把自己释放出来

甘旭伟的莲花板

是甘旭伟写的吧
写在用一根红绳串起来的
两片快板的其中一片上
毛笔字，虽然斑驳了
但是写得认真、一丝不苟
代表着他对它的拥有
现在，我在一个古玩摊子上
把它拿起来摩挲着

烟 花

一个女的在村口放烟花
转着圈儿放烟花
放了一根
又一根
我在几十米外的地方看着她
她不知道我
或者还有其他人
一直站在某处看着她
但我知道
跟我们一样
她也是从城里过来的
我还知道
她从城里带到这儿来的
肯定不止那些烟花
和那只打火机

麦田和坟头

麦田是绿色的
坟头是灰色的
麦田是一大片一大片的
坟头是几粒几粒的
但你还是看到了坟头
并久久地看着它们

一场雨和另一场雨

雨落在外面
雨声进到了里面
而有时候正好相反
雨声在外面
你顶着湿漉漉的头发进来了

冬　笋

有些在菜市场的摊子上
有些在山上

两只背篓

两只背篓放在石头上
两只空空的
竹条已经泛黑的
背绳磨得起了毛的背篓
放在石头上
石头在一棵大树下
在一户门前
出门的右手边
我停在从那户门前经过的
石板路的这头
好了
现在要走了
再看一眼
两只背篓放在石头上

金钱豹

这座山上有金钱豹
这座山的介绍里是这么说的
所以我相信
我正在俯瞰着的这片山谷
这片山谷的密林之中
或者别的什么地方
肯定有金钱豹
对我来说具体是这样的
有一只金钱豹
它金黄色的皮毛上
布满了梅花一样的黑斑
此刻它正在苍翠的枝叶间穿梭着
或者趴在树杈上，岩洞里
一动不动地趴着
半眯着眼睛
鼻子里喷出一股股热气
它被我想到了

芭　蕉

山坡上那几棵
垂悬着
紫红色花序
叶片宽大而油绿的
芭蕉
在后面那排竹林
和前面那片稻茬之间
显得十分鲜艳
尤其是在我们走过来
停下
坐在一块大石头上
说笑着
不经意间
望向它们的时候

进 山

必须要有一个人
走在最前面
一个人紧随其后
接着是第三个人
第四个人,第五个人
第六个人……
排成一个之字形
而你走在最后
远远地看着他们
除此之外的任何一种方式
都不能给你那种进山的感觉

大桥鸡精

就在刚才
他还走在我面前
一转眼
就拐到
另一条路上去了
不知道他是谁
从哪里来
要到哪里去
怎么走那么快
只记得他
秃顶
胖乎乎的
穿着一件深蓝色的大褂
背上印着四个明黄色的小字：
大桥鸡精

咳嗽的人在隔壁

咳嗽的人在隔壁
对我来说是这样的
对隔壁的人来说
也是这样的

后来我不咳嗽了
隔壁的人也是

隔着愈来愈亮的窗帘
有一个寂静的点
投射到我这里
而对隔壁的人来说
我是另一个寂静的点

夜

先是小孩子
哭
接着是女人
哄
最后是男人
咳嗽
这是凌晨一点半
我躺在床上
听到的
所以
我也就知道了
这周围
至少有三个人
还没有睡

看 见

下了山就过河
过了河就到了小洲
到了小洲
那些及膝的草
就没到了膝间
继续走
就看见了草丛里
那些鸡，鸭，鹅
老虎，狮子，大象
等造型的儿童车
就看见了从车厢里
长出来的草
就看见了车座上
那一双双明亮的眼睛

元大都遗址公园

她不敢下去
蹲在斜坡上望着他
期待他能上来
她的眼神
和抠紧泥土的动作
表明了这一点
他没有上来
他期待她能自己下去
他笑眯眯地望着她
等着她
直到最后
他还是上来了
托着鞋底
把她接了下去
他只能把她接下去
他是她的父亲

这是傍晚
一天中最适合散步的时分
我在散步
我看见了这一幕

然后又走开了
我是一个陌生人

我是一个女儿
同时也是一个父亲

村　子

在这个闲下来的晚上
应该写一首诗
那就写一个年轻人
租住在郊区的一个村子里
画画，做古琴和漆器
院子里种着菜
菜地里跑动着一只黑猫
几个妇女和老人
每天来来回回地经过他门前时
会朝里面窥看
而他也会搬上一把小凳子
坐在门前看他们
看他们来来回回地经过
或者蹲在空地上
一声不吭地剥玉米

有的人

船还没有到
铁栅栏还不能打开

有的人在打电话
有的人在玩手机
有的人在拍外面的风景
有的人在聊天
有的人在拥抱

有的人在看人打电话
看人玩手机
看人拍外面的风景
看人聊天
看人拥抱

我 们

太阳很大
他坐在一辆电动车上
那是几百辆电动车
其中的一辆
他是一个看电动车的
所以他只能坐在那些电动车中间
他无聊,无事可干
只能玩手机
我们站在他对面
看着那些电动车
看着他
看着他玩手机
我们等的车还没有过来
所以我们只能
看着那些电动车
看着他
看着他玩手机

傍　晚

经过一个坐在长条椅上的男人
走过去
绕一圈再回来
又一次从他面前经过
这一次我看见了
躺在他黑色皮包里的那只鸟
他右手握着的刻刀
以及他左手里的那根胡萝卜
它正在成为另一只鸟的过程之中
我走过去
慢慢地走着
同时决定
再绕一圈回来
再一次从他面前经过
再一次感觉从他面前经过时的那种感觉

散步的人
——给劲松

散步的人在地面上
发现了桑葚
散步的人抬头
看见了桑葚
散步的人说起桑葚
乌黑的嘴唇
以及布满挂痕的肚皮
散步的人有一次
停下来
爬到树上摘桑葚
散步的人把摘到的桑葚
抛给地面上
和他一起散步的人
散步的人继续往上爬
散步的人带着
和他一起散步的人
的目光
继续往上爬
散步的人摘到了更多的桑葚
以及别的什么

一只猫决定

一只猫决定
去寻找它的同伴
从一堵墙壁的拐角后面
它先迈出一只爪子
接着露出脑袋
我看见了它
然后它也看见了我
它退了回去
几分钟后
一只猫决定
再次去寻找它的同伴
按照上述方式它又试了一次
又一次退了回去
后来我走开了
躲在远处
看见它从我刚才蹲坐的位置
一下子跳了过去
跳到另两只猫那儿去了
哦，一只猫决定
去寻找它的同伴

乘　客

一架飞机刚好出现在
一双眼睛正在看着的位置
相信
另一双眼睛
也正在看着它
那是他
或者她
刚刚完成的一件作品
它爬升
直到某个顶点
之后是滑翔，下降
接着它就降落到
院墙那边去了
我也是

我和猫和杏

猫卧在草丛里
我坐在它旁边的长条椅上
杏子在枝头
杏子中间的杏子
一颗一颗地落下来
敲打着地面
扭过头去的
有时候是我
有时候是猫
而有时候
我和猫都没有
杏子在枝头
杏子中间的杏子
一颗一颗地落下来

公 平

一个人走在街上
他慢慢地走着
雨水落在他身上
他也感觉到了它们
正落在他身上
他还是在慢慢地走着
另一个人
走在他的旁边
也在慢慢地走着
雨水落在他举着的伞上
又从边缘滑落下来
对于他来说
他只能通过看着雨水
来感觉到它们

蓝色的

我准备
把餐桌对面的墙
漆成蓝色的
把天花板的一部分
漆成蓝色的
把书房
右侧的那面墙
漆成蓝色的
把卧室
左侧的那面墙
漆成蓝色的
把客厅的那台
橙色挂钟
也漆成蓝色的

世界很大
我能左右的事情很小
所以我准备
把我喜欢的这些地方
都漆成蓝色的

如果你愿意
我邀请你
和我一起
把它们都漆成蓝色的

是的
我能左右的事情很小
我只能
把能左右的事情
把能左右事情的那种感觉
分给你一部分

景　深

你问我是不是在看电视
是因为
在我的声音之外
你还听到了
电视里的声音
你给我回来
一个将军
冲一个士兵喊道
枪炮声在远处响个不停

就像我问你
是不是在买菜
是因为
在你的声音之外
我还听到了
叫卖声
鸭子，十九块八一只
一个中年妇女
正在扯着嗓子喊道

空 气

巧克力
她问他要
他把左手伸开
亮出里面的巧克力

糖
过了一会儿
她又问他要
他把右手伸开
亮出里面的糖

她是他的女儿
他是她的父亲
他们坐在长条椅的一头
我坐在另一头

这不算什么
我父亲的本事比他可大多了

小的时候
我问他要糖

瓜子

炒花生

他每次总是伸开手

攥住一把空气丢给我说

给

糖

瓜子

炒花生

昙华林

一些人来了
来了又走了
风景驻留心间
朋友圈里
或者蒙尘的内存卡上

一个背着手的老头
不会是他们
风景的一部分
我也不会是

我走在老头的后面
看着他
他的手
他手里提溜着的塑料袋子
那里面
有两个小塑料袋子
一袋是花生米
一袋是卤香干
晚会儿他要喝上一杯

如果是古代
他还会先把酒温一温

雨中之马

一匹马站在山谷中
主人忘记了它
又或者它
本来就是被拴在这里的
一年四季
无论阴晴

我们开车从它边上经过
这是傍晚
大雨滂沱之际
它静静地站立着
没有嘶鸣
也没有抖一抖身上的雨水

我们开车回来的时候
已是深夜时分
雨已经停了
它依旧站立在那儿
它站立在那儿
替所有的马

我摇下车窗看着它
直到车开远了
我还在扭头看着它
我只能这样
看着它
替所有的人

听力实验

三楼左边那道铁门后面
有一只狗
它的叫声告诉我
它是一只狗

三楼右边那道铁门后面
也有一只

搬进这栋楼的这些天
我无数次上下
有时候是左边的狗叫
有时候是右边的
有时候是左边的先叫
右边的紧随其后
有时候则正好相反

后来经过三楼
我总是蹑手蹑脚地
但它们仍然会叫
不是冲着我
是一只冲着另一只

你想吧
在主人不在的白天
它们隔着两道厚厚的铁门
发现了彼此
呼唤着彼此

有时候我会停下来
听一听
直到一只不叫了
另一只还在叫
直到最后，两只都不叫了

亮

天慢慢黑了
黑了
但是还没有完全黑
有少许的光
透过窗户
透进来
让你看见
房间里
一些东西的轮廓
它们是亮的
亮的
只要你一直盯着
它们就会一直亮下去
它们周围的黑
也是亮的
也会一直亮下去

10点27分的太阳

这是10点27分
所以这太阳
是10点27分的太阳

10点27分的太阳
透过窗户洒进来
照着桌子,以及桌边的我

它同时也在照着
楼下一长溜的老头老太
街头来往的男女
那排绿中带黄的树冠
对面楼顶的那两只鸽子

一双手伸出窗外
正把花被单搭在晾衣架上
是那个陪读的母亲
她的儿子戴着头盔式耳机
正在小声读英语

这是10点27分

这是 10 点 27 分的太阳
有一些东西是
我看到的
还有一些
是阳光照到了我才看到的

小平和小谢

小平和小谢
对应着两个人
一个
在小平编织
那个店子里面
一个
在小谢编织
那个店子里面

你没有看见
小平
也没有看见
小谢
你是一个过路者
你看见的
是小平编织
和小谢编织

小平编织
和小谢编织
门

挨着门
共用着同一头
石狮子

那么多年来
他们一直和平共处
还是相反
你不知道
你是一个过路者
你正好经过他们的店子

门很深
光线很暗
小平在里面
小谢也在里面
你在外面走着
你一边走着一边想

你不想想 A
不想想 B
也不想想 C
更不想想 D
还有 E、F、G
你走过去
走过去很长一段了

又折回来

小平编织
小谢编织
你站定
望着那两块招牌
招牌底下
那两个深深的门洞
那头石狮子
你想,小平和小谢啊

在路上

这么早
外面几乎还是黑的
但你还是能看见
正在移动的那些东西
一辆车的尾灯
一阵寒风
卷裹起来的落叶
一个戴帽子的男人
他的包
包的边袋里插着鱼竿
你很清楚他的包里
都装着些什么
包括不会在包里出现的
那么早就让他出门的那些东西
这么想着你加快脚步
从他身边越过
往地铁站的方向拐过去
如果注意到了你
你背上的
跟他背上的一样的包
一样插在包的边袋里的鱼竿

你想
也许他也会那么想

它也是

一个人会迷路
一只狗也会
一只迷路的狗在山上
看见了我
跟随着我
这儿转转,那儿逛逛
我下山的时候
它也下来了
我在山脚坐下来的时候
它也坐了下来
我在等它的主人
它也是

冰山一角

在阳台上坐着
看着燕子
在天上
飞过去又飞过来
楼下传来吃饭的人的声音
听不懂,说的是方言
他在睡觉
侧着身子
躺在自己那张床上
酣睡着
丝毫没有要醒来的意思
显然没有听见
刚才我喊的那一声
天一点点黑下来
那些燕子已经看不见了
你松手,一个女的说
我不松,一个男的说
隔壁的房间里
接连传来这么两句

天上有什么

经过的时候我看见他
看着天上
站在二楼
一扇窗户的后面
脸朝上
呈四十五度角
两扇窗户
其中一扇
往里面半开着
几分钟后我买烟回来
看见他
还是这样
哦，天上
有什么好看的呢
那么高
而且上面什么也没有

温　泉

温泉可以
用来烫放完血的鸭子
烫完后再拔毛
轻而易举
他正在这么做
这是我们看到的

温泉可以
用来泡走累了的脚
很烫
但是也很舒服
我们正在这么做
这是他看到的

温泉也可以
既不用来烫鸭子
也不用来泡脚
只是咕嘟咕嘟地冒出来
冒出来
然后白白地流走

幼儿园

幼儿园里
一共有六个学生
两个男孩
四个女孩
在天台上
坐成一排
老师
蹲在他们对面
这是景迈山上
糯干寨里
一栋木楼的天台
这是我
上来时看到的一幕
这是一个早晨
阳光
洒在他们身上
因为阳光洒在他们身上
我才注意到了
阳光

窗外的一棵芭蕉

让我拉开那块白色的窗帘
看出去
看到绿色
看到风
看到走在风里的人
又让我转身
在房间一角的沙发上斜躺下来
翻一本书
接着听见雨水
落下来
滴滴答答地
落在它的叶子上

桂花树

一棵窗户那么高的橘子树
长在他家的院子里
上面结满了橘子
代替着同样位置上的一棵
被他卖掉的桂花树
它比屋檐还要高一些
到了秋天,整个院子里都是香的
他指着正在滴水的屋檐说
雨还在下着,我们
还不能走出院子,走下山
而只能坐在他对面
望着那棵橘子树,橘子
以及正从叶片上滚落的雨水
并努力把它想象成一棵桂花树

空　地

那是半山腰里的一块空地
周围长满了竹子
生机勃勃，但是杂乱
有的高有的矮
不像是什么人种出来的
我穿过竹丛
走到那块空地上
阳光就把我的影子
投射在了那块空地上
据说这山上还有金钱豹
一头金钱豹穿过竹丛
走到那块空地上
阳光也会把它的影子
投射在那块空地上

平原上

他老娘瘫卧在里间的小床上
一个男的在她对面
的屏幕里陪伴着她
他斜坐在我对面的门槛上
一根接一根地抽烟
同时给我让烟
他老婆正举着一把木锨
在院子里翻晾着
还没有完全晒干的玉米
只有他三岁的小儿子
不停地在厢房里进进出出
驾驾驾地吆喝着
胯下的那把塑料椅子

顺 序

火车先要停下来
然后,我才能醒过来
我醒过来
才能透过车窗看见
一些人拎着包下了车
而另一些人拎着包准备上车
才能看见一个男人
拎着一只白色的塑料袋
走过我那扇车窗
才能看见塑料袋里面装着
他的那张胸腔造影
才能看见阳光
透过它洒到地面上
并在那儿留下一幅黑白的胸腔

下　午

把一口双立人牌子的蒸锅
从灶台上取下来
放在水槽里
按压一只黄色塑料瓶的瓶嘴
挤出一团带有柠檬香味的斧头牌洗洁精
使之落在蒸锅外壁上
找出那团银光闪闪的钢丝球
用它反复擦拭蒸锅外壁
直到那些污垢脱落
再打开水龙头
一点点冲洗干净
然后把蒸锅放回灶台上
安静地坐在那儿
盯着它铮亮外壁上的反光
发呆
同时等着她从沙发上醒过来

等风来

我躺在床上
等风
夜里,一点半
空调坏了
我不得不躺在床上等风
并通过扇动一本书
制造出来一些风
天很热
风一直没有来
我也一直没有睡
后来,终于来了一阵风
它掀开窗帘的一角
持续吹进来
让我凉爽
让我凉爽
让我凉爽
的同时也让我看见
对面的天台上
有一颗忽明忽暗的烟头

海　边

一个穿吊带裙的女人坐在海边
面朝大海,戴着帽子
裸露着肩膀和一大片后背
天色晚了,她对岸的陆地上
已经亮起了一盏盏灯火
她和那片灯火之间是海面
一艘写着 MSC 三个巨大字母的货船
正从海面上缓缓经过
她就在那儿坐着,望着
那艘货船,或者对岸的灯火
并一动不动地保持着
最开始被我看见时的那个姿势
有些孤单,也有些落寞
我停在马路边望着她,望了
差不多有一分钟的样子
然后又继续往前走,接下来
我就看见了坐在她对面的
被她挡住的那个穿白色泳裤的男人

你要奥利奥吗

你要奥利奥吗
小女孩举着一盒奥利奥问我
谢谢,不用,我说
别那么傻,他冲她说
他是她的祖父或者外祖父
从年纪上看应该是这样
你要什么,他问我
这个,我指着玻璃柜里
的一盒烟说
26,他拿出来递给我
我扫码,填上26,以及密码
你要奥利奥吗,走出来时
我问柜台后面的他
小女孩冲我笑笑说,别那么傻

玉锦鳞

那应该是一家酒店
或者一家餐厅
但是现在还没营业
所以我不知道
它到底是一家酒店
还是一家餐厅
或者别的什么
现在,我只能透过窗户
看见这三个灯管字
被那栋楼举起来
在黑暗中
发出干净明亮的黄光
并通过语音电话
告诉纽约的你
我正在看着的这一幕

垂钓路上

一个男的骑着电动车
一个女的坐在后座上
扶着他的腰
从我背后开过来
一闪就开到我前面去了
不知道他们要去哪里
以及从哪里来
这是下午两点半
这是知音大道
和龙灯路的交叉口
空气中只留下她的香水味儿
被我闻到了,一开始很浓
接着越来越淡

船还没有到

船还没有到
铁栅栏还不能打开
有的人在打电话
有的人在玩手机
有的人在拍外面的风景
有的人在聊天
有的人在拥抱
有的人在看人打电话
玩手机,拍外面的风景
聊天,拥抱

伐　竹

有人在山上砍竹子
一刀，一刀，又一刀
这声音传过来
被我听见
并指引着我
往山上走
后来，在半山腰
我果然看见了一个男人
正在砍竹子
一刀，一刀，又一刀
这声音清脆，直接
是刀片砍进竹节时发出来的
就在眼前

团　圆

一件灰黑色裤子
一件浅白色吊带衫
一件白条纹 T 恤
一件灰色衬衫
一件印有 HELLO KITTY 的蓝色卫衣
一件月白色内裤
一件天蓝色 T 恤
一件粉色短裤
两只绣碎花的黑袜子
挂在院角里的一条长竹竿上
它们被阳光照耀着
被风吹拂着
被路过的我看见

观察家

那些从医院出来的人
拐出院门
来到街上
就成了街上的人
那些街上的人
走着走着
拐进医院
就成了去医院的人
除非一直盯着
否则你根本分辨不出来
哪些是从医院出来的
哪些是去医院的
哪些是一直走在街上的

乘坐一艘宇宙飞船逃跑吧

乘坐一艘宇宙飞船逃跑吧
这是一行红色的油漆字
涂在路边一栋破房子
的山墙上
不知道是谁
什么时候涂上去的
你唯一能确定的
就是曾经有一个人
一手提着油漆桶
一手握着毛刷
把这行字涂在了这面墙上
他，或者她
当时有一个这样的想法
乘坐一艘宇宙飞船逃跑吧

旅 行

待在家里而不是

出门旅行,切洋葱

打鸡蛋,而不是点外卖

给绿植浇水,喂鱼

把一本滑落下来的书

重新插回书架

而不是坐在那里

坐在那里看书

看电影,打微信电话

而不是发呆

伸伸懒腰

打两个呵欠而不是

躺在床上

从书房来到阳台

借助于一只天空中的鸽子

飞行,而不是睡一觉

很难说这些

不也是旅行的一种

秘　密

仙人掌也可以开花
开了花也会结果
结的果子还可以吃
是甜的，有籽

这一点
是眼前的这个老太婆和我
都知道的
所以我们可以说起来这一点

他们不知道
所以他们只能在旁边听
我和老太婆说

少 女

少女秀发乌黑
少女 T 恤洁白
少女有着少女的身材
和步伐
少女抱着肩膀
少女的红色挎包
富有节奏地
拍打着少女的身体
少女穿过树荫
走进下午四点的阳光
少女走在前面
我跟在少女后面
我跟在少女后面
我跟在少女后面
终于,我紧跟了两步
和少女并肩而行
少女怀里抱着
一套医学影像片子
少女一边走
一边在抽泣

算法时代

一辆电动车倒在路边
刚才骑着它的他
也倒在路边
哎哟声和疼痛
把他固定在了那儿
一辆车把他撞倒之后
又开走了
还是他自己摔倒了
你并不清楚
那是之前的一幕
一拐到这条路上
你就看见了它的结果
车子绕着它开过去
人也是这样
没有谁走过去
把他扶起来
你也是其中的一员
有些新闻把你们都吓到了
何况眼前这一幕
也不一定就不会是其中的一则

大 局

看不见太阳
但能看见太阳洒下来的光
太阳洒下来的光
照在杜鹃
一半的叶子上
使之明亮,翠绿
和另一半的叶子形成
鲜明的对比
很难说每个人都会
注意到这一点
包括你
坐到窗前的时候
也不是每一次
都会注意到这一点
一盆杜鹃
完全不同的两半叶子
一半的显现
在绝大多数时候
也等于另一半的乌有

很久很久的车

在这儿起一个房子
住进来
早晚站在屋顶的平台上
就能看见
那条河
河堤上的那排树
从城里
到这儿来看你
他们要坐很久很久的车

反过来也一样
到城里
去看他们
你也要坐很久很久的车

但你知道
跟他们不是你的目的地一样
你也不是他们的
你们只是需要
住得远一点
只是需要坐很久很久的车

简单的事

把眼睛闭上
把自己关在里面
这是一件简单的事

同样的
把眼睛打开
把自己释放出来
这是另一件简单的事

简单的事
你做了一遍又一遍
简单的事
你做了一年又一年

致槐树

一架飞机将要穿过云朵
一个人将要前往异国他乡
在过去的几个月里,在我这儿
它构成了一种实在的未来
在你那儿,或许也同样如此
昨天夜里你已经去了那儿
乘坐一架蓝色的光标
你在一面墙壁上比画着
在卫星地图上看到的
这儿是房子,那儿是房子
那儿是房子,这儿也是房子
中间是宽大碧绿的草坪
你的手指停在那儿
仿佛四望的你正站在那儿
那还没有发生的
已经在想象中成为现实
那将要发生的
仿佛已经成为过去
几天之后,在你抵达那儿之后
你还将一次次地准备,出发
起码我这儿是这样的

再致槐树

我们这儿的夜晚
对应着你那儿的早晨
在这个夜晚,早晨
你抵达了几天前
在卫星地图上去过的那个地方
斜顶的白房子,红房子
外面是一棵棵凛冽的树
你拍给我们看
正如一个朋友所写的
"有许多大树高过屋顶"
那是在唐朝
崔颢站在黄鹤楼上看到的
你站在蓝辛市的街头
拖着行李,手里
可能还夹着一根烟
斜望着半空中那些黑色的云
那意味着一场雨
不过,要等你安顿好
站在窗前
它才会下下来
混合着某种静静的释放

路上有什么

有扛着鱼竿的老头
老头的孙子
孙子小桶里的鱼
有马
马背上的人
马屁股后面的小马
有羊
放羊的老汉
有摩托车
摩托车司机
后座上腰里别刀的男人
当然还有我们
以及我们开着的车

对 岸

一个农妇在院子里
晒了很多辣椒
红的，青的
大部分是红的
她不在家
屋门上落了锁
从她家院子里穿过之后
我下到溪边
踩着一块
又一块石头
过了溪
坐在一块大石头上
望着对岸
对岸的院子
院子里的那些辣椒
到了晚上
她会把它们挪到屋子里去
夜里有露水
可能还会有贼
我想
我替她想

我们和鸡

我们在过马路
从一个地方
赶往另一个地方
一群鸡也在过马路
也在从一个地方
赶往另一个地方
我们和它们
相遇在这条路的中央
我们不是鸡
所以我们只能把车停下来
看着它们过马路

复 活

一个只见过一面的朋友
寄来了他的一本书
我顺手插在
许多本书的中间
绿色的书脊上
是白色的书名和
他的名字
这之后
我再没抽出来看过一眼
直到后来他去世了
他去世的消息
在一个有雨的下午
在电话中
被另一个朋友顺嘴提及

金鹰艺术学校

开在我住的小区对面
那栋五层高的楼里
经常有琴声
从那儿飘出来
但我从没见过那些
弹琴的和教弹琴的人
见过
也认不出来
我只能看见
高挂在楼边的那六个大字
金
鹰
艺
术
学
校
晚上
它们会发出白色的光
后来就没有了
那六个大字
就换成了三个大字

三个更大的大字
国
医
堂
直到一天傍晚
我推开卧室的窗户
才看到
金鹰艺术学校
那六个字
歪歪扭扭地躺在
对面那栋五层高的楼的楼顶上

张　璐

送完女儿
张璐在车里听了会儿雨
然后开车
回家
吃完早餐
逗弄了一会儿狗子
接着又做了
二十个仰卧起坐
一个人带娃
也要幸福
最后她这样说
张璐
我不认识张璐
这是四十分钟前
一个叫张璐的女人
在微博上所写的
被我刷到了

下 雨

外面在下雨
把窗帘拉上
想着外面在下雨
后来睡着了
又醒过来
听到外面在下雨
把窗帘拉开
看见外面在下雨
雨正在下着
透过蒙蒙的雨夜
看见那些星光似的灯
零星挂在
比夜色更深一层的楼体中
摸出一支烟点上
同时意识到
自己房间里的这一盏也是

月 亮

月全食要来了
超级红月亮也要来了
新闻上这样说
昨天
你提醒自己
今天
要看月全食
要看超级红月亮
但是今天
你忘了
一样也没有看到
月全食过去了
超级红月亮也过去了
深夜
望着窗外
那轮跟往常一样的月亮
你想起她
想起自己
早就说好的
要给她打个电话谈谈

桌　子

少了两条腿
脱落了一大块漆皮
但是仍能看出来
那是一张桌子
一块长方形的木板
四条腿
两条存在的
两条消失的
它曾摆在附近的某栋楼上
上面摆过餐具、作业本、生日蛋糕
热烈交织的目光
或者别的什么
在这个开始降温的下午
它斜靠在一只蓝色垃圾桶上
迎接着我的目光
并借助我
回忆了一次往昔

量子纠缠

这是春天
一个有小雨的下午
我走过六合岩村
的一座小山
我看见了那些竹子
那些石头
那些墓碑
以及墓碑前
那些一直盛开的花

五百年前
也有这样的一个下午
也有这样的一个人
走在这条山路上
他也看见了那些竹子
那些石头
那些墓碑
以及墓碑前
那些一直盛开的花

晨光之下

一个老妇人端着半碗粥
走到楼洞前
的一只破瓷碗边上
把粥倒给
蹲守在那儿的一只流浪猫

我在二楼的一扇窗内
看着这一幕
昨天,也是在这个时候
也是在这个地方
她用轮椅
把她的男人推出来
并指着他的鼻子厉声喝骂

一个人
一个人身上的一部分
和另一部分
被另一个人看见
冷静,徒劳地看着

有些时候
另一个人自己也是这样

雨打铁皮棚

雨打铁皮棚
会发出
这个世界上
最好听的声音
不过
前提是
得下雨
得有铁皮棚
得一个人
躺在异乡的床上
静静地听

要 有

要有那么高的山
那么多的树
那么长的流淌
汇集，以及沉淀
才会在此形成一个小潭

要有那么好的天气
那么好的兴致
那么长时间地驱车
攀爬，以及寻找
我们才会前往它附近的美景

还要有那么无来由
那么一致的无来由
我们才会继续翻山越岭
来到它面前
却并不是为了看它

探　洞

进入一条山洞
你就成了
你手里的手电筒
射出来的那个光点
贴在洞壁上
没入暗河的水面之下
或者挂在你前面那个人背上
随他而行
你和你的距离等于
光柱的长度，并随之伸长
或者缩短
直到抵达出口之时
光点和光柱
都消失了
你才会再次出现
并意识到自己的出现
再一次
你得到了你

梅花七

不是一张方块七
也不是一张黑桃七
红桃七
或者一张别的什么牌
而是一张梅花七
静静地斜躺在水底的
一块石头上
被折进水下的光照亮
被我看见
并一动不动地看着
在这个阳光灿烂的下午
在纳入眼帘的一切对象物中
它是被我注视最久的
那一个

篝 火

依然是小火苗跳动
点燃碎叶子,然后是枯枝
烟气在指缝间缭绕

依然是说笑着,添枝加柴
说着说着就停了下来
围坐着,一个个呆望着远处

千古事

对我来说
就是
把一个逗号
一个句号
一个感叹号
放在它们应该在的位置

鸭血粉丝汤

一个大学生模样的女的
站在街边，望着
往来的行人和车辆
应该是刚哭过，红肿的眼睛
可以证明这一点
一个大学生模样的男的
站在她身后两步远
望着她，或者顺着她的方向
望着往来的行人和车辆
她一直没有说话，他也是
这家店的鸭血粉丝汤味道不错
尤其是加了辣子和醋之后
他们应该进来尝一尝
一边喝汤一边望着他们我想

水　珠

一滴水珠垂挂在绿萝
某片叶子的下方
呈半圆形
透明，晶亮
没有落下来的趋势
张力维持在它的球形表面
对应着我的某种心情
可以把你喊过来
让你也看看这滴水珠
你过来了
就会看见刚才
我看见的这滴水珠
但我苦于没办法把你变成我
我更苦于没办法把你变成刚才的我

太 湖

很多年前见过的太湖
很多年后又见到了
没有帆影,没有渔火
也没有阳光垂照之下金色的反光
它只是一片灰蓝色的平静
一幅被框定出来的画面
就挂在酒店十七楼的窗外
我斜靠在床头,望着
暮色一点点降下来
降下来,把那片灰蓝色
加重成灰色,直至变成黑色
我知道那片黑色之中
有摇晃的水有浪声
但是我既看不见也听不见

宰相府

这是一个叫陆巷的村子
这是一座叫惠和堂的宅子
惠和堂又叫宰相府
是的,它就跟你想象出来的
那座宰相府一模一样
我从前厅进去
这儿瞅瞅,那儿看看
又在后花园里
望着那些枯黄的叶子
发了一会儿呆,就出来了

出来之后我就知道了
这是明朝正德年间
一个叫王鏊的人的宰相府
他在这里出生
又在这里归隐
出来之后我就知道了
在这个季节,在后花园
望着那些枯黄的叶子时
王鏊也发过呆
就像刚才我在那儿时那样

避 雨

下来的路上遇到大雨
我，她，她妈，她小姨
我们下来的路上遇到大雨
我们走到风雨桥下避雨
那儿坐着一对情侣
于是我们就和他们一起
坐在那张长条椅上避雨
后来雨完全停了
我们和他们就走出去
走到山脚下
走到大街上去
一起成为大街上的人们
大街上的人很多
但是只有我们知道我们
曾经一起在风雨桥下避过雨

兴山白茶

二两兴山白茶装在袋子里
一只米白色的袋子
上面印着商标和地址
摆在我的桌子上

兴山白茶,产自兴山
的某一片茶山上
就像其他茶一样
要经过采摘、萎凋、烘干、装袋
再发到各个销售点

在兴山,有一个人
买了那么多白茶中的一袋
带回来送给我
被我摆在桌子上,望着它

恐高症

前面走着我爱的人
后面跟着我素不相识的人
左边是半人高的扶手
右边是结实的山体
但即便如此也挡不住
我不敢往下看
下蹲，以及瑟瑟发抖
一个婴儿被抱在怀里
一个婴儿被抱在怀里走下来
在这绝壁的狭窄栈道上
他被抱在怀里走下来
一路上他都在安安静静地
盯着外面的悬崖
我因为我的有知而恐惧
他因为他的无知而自在

我不是猫

那只猫的主人并不会知道
他不在的时候
它会纵身一跃
跳上窗台
会蹲在那儿
透过玻璃
打量对面的楼层
打量对面楼层之中
正在擦玻璃的我
我发现了它
我停下来
望着对面楼层之中的它
我不是一只猫
正如它不是一个人
如果我是一只猫
我可以朝它喵几声
而如果它是一个人
它也可以朝我哎一句

弧　度

在藤椅上坐下来
把两只脚
搭在前面的凳子上
身体就能获得一个弧度
一个松弛柔软的
弧度
一个有晚风吹过的
弧度
一个什么都不用想的
弧度
此时此刻
屋檐下
他正在享受着那个弧度
卧在他身上的
那只猫也是

随时随地

我们在这边
他们在那边
我们要到那边去
他们要到这边来
当红灯变绿的时候
我们走向那边
他们走向这边
我们和他们相遇
并相互穿过
接下来
我们就到了这边
他们就到了那边
当然
我们和他们这么做
并不只是在刚才
也并不只是在斑马线上

合格证

一张长方形的小纸片
上面写着两行绯红色的字
第一行：合格证
第二行：检验员 14
这是初冬里的
一个阳光灿烂的上午
这张纸片
从我看的一本书
的 112 页和 113 页之间
掉了下来
飘落在水泥地面上
又被我捡起来
卡在一棵桂花树的枝杈间

风　车

风在刮
风车在转
所有的风车都在转
看久了
才注意到
其中的一台没有转
它矗立着
三条叶片定在半空中
坏了或者是
因为别的什么情况
当然了
它仍是一台风车
甚至比正在转的那些
更像一台风车

烟和鸽子

对面楼顶的边沿空空如也
空空如也的
对面楼顶的边沿
落上去一只鸽子
几分钟后是第二只

并排蹲着
翻飞着嬉戏
嘴对嘴地咬来咬去
后来一只飞走了
另一只没有

它蹲着
望着天空的边缘
就像最开始时那样
最后
也飞走了

这个过程
前后
历时 一根烟的工夫

有的人看到了
有的人没有

我看到了
是拖地
是拖地后的劳累
让我坐下来
点上一支烟的时候
看到了

窗 外

他站在阳台上看着窗外
你看着他
你不知道他在看什么
外面很黑
很多灯已经熄了

一个你不知道
什么时候冒出来的邻居
你对他一无所知
你只知道他
在附近的一所中学里读书
和母亲住在一起

深夜时分
你已经准备睡了
他刚回来
她为他做饭
油烟气散过来
钻进你没关紧的窗户里

很多次,你想

如果见过阳台上的你
他也不知道你
深夜时分望着窗外看什么

对照记

先是看见的那堆西瓜
然后才看见的他
他坐在门边
门边的黑暗中
他背后的西瓜
堆在卷帘门里面
卷帘门里面的灯光下
他是那么的黑
而他背后的西瓜
又是那么的绿

傍晚是一个罩子

一辆板车
和另一辆板车
一个拉板车的
和另一个拉板车的
一个拉板车的
举着一枚
还没有落下来的棋子
另一个拉板车的
透过自己刚刚制造出来的
那片淡蓝色的烟雾
眯起眼睛
望着棋盘
一个穿大裤衩的男的
站在他们边上
歪着脑袋看着他们
一盒新买的生日蛋糕
提溜在他
背在后面的那只手里
一辆共享单车
驾驶着你过来了
从他们旁边

骑了过去
然后又上了一个缓缓的坡

一种猜测

他把一袋袋泥土
运到二十七楼的天台上
在一角摊开
把种子撒上去
浇水,施肥
再搭出来一畦畦的架子
为的是一家人
能吃上新鲜的蔬菜
以及他自己
劳作之余能得到
一阵风
一个过去那样的夏天

橡皮树

一棵橡皮树
长在山上
和长在我家的阳台上
有什么不一样
在山上
看见它的时候
你不认识
它是一棵橡皮树
也不会问
那是一棵什么树
而在我家的阳台上
你就会这么问
而我也就会这么回答
橡皮树,接着
很可能再补充一句
又叫黑金刚

候补街

它的名字说明了
它的历史
一个等着出缺的候任者
曾经是它的一部分
一个冬天
一个阴雨的傍晚
一个从街上
溜达回来的人
还是没有
等到他期待中的那则任命
在凳子上
缓缓地坐下来
把那册
摊开的书卷合上
他才把那枚热乎乎的鸡蛋
从袖筒里掏出来
对着桌沿儿
轻轻地磕了一下
接着
慢慢慢慢地剥

后 记

选入这本诗集的是我最近三年多来的诗作，尤其是近一两年内的诗作，后者所占的比例要超过三分之二甚至更多。也就是说，相比于先前那些数量不菲的诗作，我更倾向于以距离现在最短一个时间段内的作品来呈现自己作为一个诗人的身份和与其相对应的写作状态。父母最疼幺儿子，一个写作者大概也是这样的，至少在他的主观认定和情感偏向上是这样的。

我写小说，写随笔，也写评论，以及其他一些无法归类的文字，诗歌写作的体量相对于它们来说基本上可以忽略不计。但这决不代表诗歌在我这儿并不重要，事实可能恰恰相反，它或许比其他任何一种文体都更重要，都更接近于我作为一个人而不仅仅是一个写作者的整体意义——以一种无处不在的形式和方式。这一点，当然应该归结于诗人这个身份和其他文体身份的本质性不同，诗人小于人，不过远大于其他文体身份，甚至它还衍生了其他身份。

2019年8月文化艺术出版社出版了我的第一本诗集《三餐四季》，收录了我此前三四年间写作的近两百首诗歌。我拾惠于他人的、由他人影响所促成的或者勉强可以算到我自己头上的那些诗歌认知和主张，已经清楚地呈现在了那些诗作里，或者更清楚地呈现在了那本诗集的前言和后记中。那些认知和主张，在这本诗集中也得到了某种一以贯之的延续——要澄清的一点是，并非是因为我觉得它们有多么高妙而延续，也并非我的坚持，而是它们与我更相契，不单单是相契于我的为诗和为文，同时也相契于我为诗和为文之外的更广大的部分。

如果说与上一本诗集有什么不一样的话，这一本更松散，更迷离，更言之无物。这些大多草成于散碎时间和飘忽行程里的诗作，与它们所诞生的时间和空间有着显而易见的一致性——既没办法确定何时而始也没办法确定何处而终，也与接生它们的我本人有着显而易见的一致性——事实上，我也并不确切地知道是怎么把它们从空气中拿出来的，拿出来后又是送给谁的。这么说，倒不是将诗歌写作归源于神秘主义，而是坦诚交代这些诗作的来路。

对于这些诗作，我没有分辑，也没有分卷，仅以写作时间的晚早做了个简单排列，这并非我作为一个作者和编选者的懒惰，而是一种有意为之的放弃。写作它们的时候，我是一首一首写的，并不是也从来都没有想过将来要以辑或者卷的形式将它们编缀起来，那么在编选的时候，自然也应该遵照与写作它们时一样的伦理。自然万物并没有给自己做过分类，是我们在分类，需要么？必要么？也许，不过至少在我这儿可以给它们一个解甲归田的机会，让它们以自己现身的方式登场，我所应该做的，仅仅是呆着，退到边上去安安静静地呆着。

与编选方式一样的是，我在写作这些诗歌时也大多处于这样的状态，一种随性的状态，一种自在的状态，一种敞开的状态。换句话说，我不是一支要从自己里面掏出来点儿什么的笔，而是一根要从外面接收点儿什么的天线。不，我也并非是要为读者接收点儿什么，甚至也不是要为自己接收点儿什么，而是我里面的什么和我外面的什么共振了，它们又共振出来了点儿别的什么——不是我在写，而是有什么通过我在写，我只是一个忠实的记录者而已。

当然，我也不能把诗歌写作过度归结于"记录"，而对它作为技艺的部分视而不见。事实上也并非如此，对任何一种文体的写作者来说，技艺的锤炼才是他最应寄与心力的部分。

简言之，作为一个诗歌写作者，我在写这些诗歌时力求做到的一点是——把硬写到软，把真写到假，把有写到无。作为一种方向性的目标，我一直期待能写出来一种有着声音和光线质地的诗歌，它取形于文字但是又放弃了文字，取意于实在但是又放弃了实在，它无志于给读到它的人输出什么内容，也无志于把读到它的人领到什么地方去，而是仅仅作为一种空气般的介质所存在着，仅仅作为一种浅梦般的介质所存在着。它是介质的，而并非目的的。

一首诗，也许我有我的旨归在里面，但我并非是要读到它的人也一定要找到并理解这种旨归。正读，误读，偏读，曲读，都是可以的，它被解读成什么更多地取决于解读者自己而不是我，也不需要是我。对我来说，我更愿意读到它的人把它当成一段引线、一片光晕、一个抽象几何体，通过它而能抵达什么境地并不在我的指划范围之内，我也并无这样的初衷。

最后，说说为什么要把这本诗集命名为"出门"。我想每个人都能体认到自己所处的那种"不能出门"的状态，反过来说，也都能体认到自己渴望的那种"想出门"的状态，这种"不能"和"想"叠加出了我们普遍而真实的日常之境——进而是精神之境。之所以命名为"出门"，也是对这种日常之境和精神之境的呈现与回应。

不知从何时起，我们身上那种走到外面去、走到远方去、走到开阔浩荡的内容里去的劲头被浇灭了，替之以躺在自己微弱而局促的小确幸里坐井观天，躲在他人于远方制造的表演式的热烈中望梅止渴……无穷的远方和无穷的人们都成了景观，我们也成了他人的景观，感同身受无异于一种奢求。

而又或许，对当代汉语诗歌写作来说，我们可能也处于同样的状态之中。传统是一扇关住了我们的门，而集体是另一扇关住了我们的门——最可怕的是，纵然我们也"想出门"，不过很多时候却又因为这样那样的原因而甘于被关在门内，甘于"不能出门"，到了最后，我们连"想出门"的"想"也没有了；而对于那些有幸的人，有幸从传统和集体的门缝里挤出去的人来说，仰天大笑"出门"去也只是一时的，因为接下来他们又会甘于"不能出门"的状态，他们又被自己制造出来的过去和集体关在了门内——他们的诗歌也被关在了门内。

图书在版编目（CIP）数据

出门 / 林东林著. -- 武汉：长江文艺出版社，2023.1
（第38届青春诗会诗丛）
ISBN 978-7-5702-2894-2

Ⅰ.①出… Ⅱ.①林… Ⅲ.①诗集－中国－当代 Ⅳ.①I227

中国版本图书馆CIP数据核字（2022）第165326号

出门
CHU MEN

特约编辑：隋　伦
责任编辑：谈　骁　　　　　　　责任校对：毛季慧
封面设计：张致远　　　　　　　责任印制：邱　莉　王光兴

出版：长江出版传媒　长江文艺出版社
地址：武汉市雄楚大街268号　　邮编：430070
发行：长江文艺出版社
http://www.cjlap.com
印刷：湖北新华印务有限公司

开本：880毫米×1230毫米　　1/32　　印张：5.375　插页：4页
版次：2023年1月第1版　　　　2023年1月第1次印刷
行数：2543行

定价：52.00元

版权所有，盗版必究（举报电话：027—87679308　87679310）
（图书出现印装问题，本社负责调换）